OLAF TRUNSCHKE

DAS MENSCHEN-MUSEUM

TEXTE UND PIKTOGRAMME

AMOK:BOOKS

AMOK:BOOKS

SCHLIEMANN:

Wer aufbricht, das Troja seiner Träume aus-
zugraben, darf nicht scheuen vor Schutt.

Abteilung 1

DER PAPIERTEMPEL

FLASCHENPOST

Die Karte hatte aufgehört, den Weg zu zeigen, nicht einmal mehr ein weißer Fleck: Wir hatten den Rand überschritten. Unser Ziel war, noch gestand es sich keiner ein, längst verfehlt. Manchmal, wenn über uns die Wüste aufriß, erblickten wir fremde Sterne.

Welcher Führer hatte versagt? Waren wir einem Verräter gefolgt? Hatten wir ein Hirngespinst gejagt? Wo blieben die üppigen Gärten?

Wer nicht mithielt, blieb zurück. Wir ernährten uns kärglich von Früchten am Wegesrand. Zu wenige, um zu verweilen. Hinter uns blieb eine öde Gegend. An Umkehr war nicht zu denken.

Vermutlich war auch das Ziel, nun ahnen wir es, sich nicht gleich geblieben: Vielleicht war dies der Ort: verkommen über die Jahre.
Kamen wir zu spät?
Hatten wir Umwege gemacht?
Wir werden froh sein müssen über jede weitere Oase. Ein bleierner Wind plätschert, die Zeiger drehen sich aus den Uhren:

VOODOO

Diese Stadt, hatten mich alle gewarnt, diese Stadt ist nicht geheuer: Wer in dieser Stadt eine Hochzeit plant, eine Reise oder den Kauf eines Wagens, der versäumt nicht, in gewissen Straßen, bestimmten Häusern, vorher die Erlaubnis einzuholen. Nicht, daß es etwas bewirkte! Aber um schadenstiftende Einflüsse abzuwenden, gilt ein Antrag als unumgänglich: Lange Schlangen warten oft ... Und wenn einer endlich die Treppe wieder hinabsteigt und, wie von einer Last befreit, durchs schwere Tor tritt, ahnt er nicht einmal, daß er hier war, bloß, um durch seine geopferte Zeit ihre Macht zu erhalten: Tagsüber hocken sie schläfrig hinter ihren Tischen, und erst am Abend erwachen sie zu kurzem Leben. Deshalb die seltenen Sprechzeiten.

Münzversprecher

PERPETUUM MOBILE

Gerüchte mehren sich, es sei jüngst gelungen, einen Apparat zu entwickeln, der, wider alle Wissenschaft, sich selbst genügt: Unaufhörlich bekritzelt er Papier. Blatt für Blatt entschwindet dann in einen Schlund und erscheint alsbald: restlos gereinigt und geläutert. Verdaut zu bestem Bütten. Ein Triumph der Mechanik! Was zwischen ihre Räder gerät, verarbeitet sie zu Papier: überkleckst mit unbegreiflichen Zeichen und Zahlen. Schließlich beginnt von vorn der Prozeß: Schlucken und Ausscheiden. So hält sich in Gang die Maschine. – Was freilich sträflicher Unsinn ist und zu verurteilen, wie überhaupt solche Gerüchte.

KOCHKUNST

Nur den verbrannten Braten nicht gestehen,
es könnte sein, er brächte die Zunft in Verruf;
und wenn er gleich zum Himmel stinkt.

LOB
DER HEITEREN MUSE

SCHLARAFFENLAND

Schnauze voll: Wir hatten uns das als Vorspeise gedacht. Wo fliegen denn die gebratenen Täubchen? Statt an festlicher Tafel, sitzen wir im Brei fest; noch mehr Zucker und Zimt machen den Fraß nicht schmackhafter.

Trotzdem futtern wir nur herum, wo man sich durchbeißen müßte. Oder waren das Märchen?

Unsere Kellen, die sich anfangs wie von selbst in den Berg schaufelten, liegen träge im Napf. Jeder nimmt, was er braucht, vom großen Brei. Und alles schmatzt zufrieden: Die Enkel löffeln's aus.

HOPFEN UND MALZ

Ein Blick ins Glas verrät, noch sind nicht verloren Hopfen und Malz, obwohl bitter ist die
trübe Brühe, wir verziehen keine Miene: „Was
lange gärt, wird gut“, verkünden wir, lautstark
einladend auf einen schalen Schluck an unseren Tisch; „Lebenskraft durch Gerstensaft“, so
hallt der Ruf durch die Kneipen, im erhobenen
Glas das Gebräu ist unser Bier, das lassen wir
uns nicht verekeln, und klebt's in der Kehle,
gewohnt, alles zu schlucken, spuckt keiner
aufs eigene Bier.

HOLZ

Welche Verschwendung, sprach das Feuerholz
verbittert, wieviel bedeutende Köpfe wären
aus mir geschnitzt worden.

DER EISERNE

Jeden Tag etwas anderes: Mal brennt die Sicherung durch, muß ein Speicher ausgewechselt werden, blinkt ein Auge nur trüb ... Von den Rostflecken nicht zu reden. Zum Glück sind Audienzen selten, auf gehörigen Abstand wird geachtet.

Ich allerdings, als Leibingenieur, habe meine Not: Jeder Platzwechsel ist ein Abenteuer, bedrohlich schwanken die Meßwerte. Was müssen das für Zeiten gewesen sein, als er sich noch auf eigenen Beinen bewegen konnte! Seit wir sein Gehirn mit der Sicherheitszentrale in Reihe geschaltet haben, schien er etwas munterer: Aber auch das war nicht von Dauer.

Der einhundertelfte Geburtstag steht bald ins Haus: öffentliche Auftritte, Empfänge ... Es ist nicht auszudenken. Und vielleicht wäre es wirklich besser, ihn einfach abzuschalten, irgendwo als Denkmal aufzustellen und künftig zu ersetzen durch eine nicht allzu begabte Jukebox.

Schweigepflicht

FIRMA

Zugegeben, unsere Zunft ist klein. Doch hat sie Zukunft: Meine Kundschaft umfaßt einfache Käufer gleichermaßen wie höchste Kreise. Ich mache Feinde.

Gleichgültig, ob es sich um einen Gegenspieler handelt, der Schuld am Scheitern ihrer Karriere trägt; oder wird ein Sündenbock benötigt, gegen den sich die verzankte Gemeinschaft verbünden kann; oder brauchen, um die Erhöhung der Ausgaben zu rechtfertigen, die Sicherheitsorgane für die öffentliche Vorführung einen Feind der Ordnung: Ich liefere das Passende für jeden Bedarf. Einige der erfolgreichsten Feindbilder stammen aus meinem Studio.

Der Entwurf eines Feindes verlangt viel Feingefühl und unterliegt der Mode. Bevorzugte man noch vor wenigen Jahren einen häßlichen Feind, so wählt ihn der heutige Geschmack wie aus dem Fernsehen: zwar von miesem Charakter, doch nicht ohne Charme.

Natürlich ist die Fertigung eines Feindes Berufsgeheimnis, aber selbst ein geschickt plaziertes Gerücht hat schon gute Feinde gemacht.

Besonders junge Menschen bieten bestes Material: Als Feind behandelt, wachsen sie fast von selbst in ihre Rolle.

So erfüllt unsere Zunft eine wichtige Aufgabe im öffentlichen Leben. Ein Nachteil des Gewerbes allerdings bereitet mir Kopfzerbrechen: Berufsbedingt weiß ich, und das verzeiht mir schließlich keiner, um die geheimsten Schwächen all meiner Käufer. Jeder zufriedene Kunde erblickt deshalb irgendwann in mir seinen Feind.

DIE ZITADELLE

Inmitten der Stadt, eine Seitenstraße vom Markt, steht hinter Mauern, hochmütig und schweigend, diese sonderbare Sehenswürdigkeit. Bewaffnete gehen innerhalb auf und ab, jederzeit jeden Platz der Zitadelle im Blick. Wer daran vorbei muß, versäumt nicht, die Seite zu wechseln, wenn hinter der Kurve das Gemäuer sichtbar wird. Weiter ist nichts bekannt. Gemunkelt wird: Gerüchte. Die Nachbarhäuser stehen unbewohnt. Verlassen. Mit Brettern vernagelt die Fenster. So bleiben die Zitadelle und ihre Geschäfte voller Geheimnisse, von welchen wir nur amtlich wissen, daß sie geschehen zu unserem Wohl.

MERKWÜRDIG

In geheimen Gärten ließ er seinen Opfern
himmlische Wonnen vorgaukeln und ver-
sprach ihnen diese für die Ewigkeit, falls sie
nur alle Feinde beseitigten.
Seither haben, als säße oben noch immer
der Alte vom Berge, nicht aufgehört die Metze-
leien im Namen künftiger Paradiese.

ÄTHER

VERGEBLICH

Umsonst, klagte auf dem Weg der Ketzer,
keinem haben meine Schriften die Augen
geöffnet ...
  Und deshalb, antwortete der Inquisitor,
wollen wir sie besser mitverbrennen!

SPRACHVOLLZUG

Mein vorlautes Schweigen war im Gewäsch ohr-
fällig geworden: Ich wurde zur Rede gestellt.
Überzeugt vom Recht auf klare Töne, ließ ich
mich hinreißen, den Anwesenden meine Mei-
nung zu flüstern ...

Zu spät begriff ich die Stille im Saal: Plötzlich traten verschiedene Meinungen auf und
verlangten Gehör. Zwischenrufe wurden laut,
Gegenstimmen: Eine offene Debatte drohte!

Es mußten Schlagzeilen eingesetzt werden.
Ich wurde überstimmt und zum Platz abge-
führt. Störung von Rede und Antwort, lautete
die Anklage; das Strafmaß: Wortentzug. Bei
Widerrede – Mundtod.

DER SÄNGER, DEN ES NICHT GAB

In dem kleinen Lande Teu am Rande der Mi-Berge lebte einmal kein Sänger, mit dem es folgende Bewandtnis hatte:

Wie alle Sänger in Teu, das sich als Singe-Staat verstand, sang auch dieser am liebsten vom Wetter. Der Mangel jedoch war, daß sein Gesang selten zum gerade verordneten Klima paßte, wie doch all die anderen Lieder der Straßensänger. Regnete es, so sang er vom Regen. Das waren traurige Lieder, und jeder, der sie hörte, sehnte sich nach Sonne.

Sang er aber von der Sonne, so schien sie aus seinen Strophen sonderbar warm, wie nur selten am Rande der Mi-Berge. Sang er gar für fremde Gegenden?

So kam es, daß der Sänger ganz unvorstellbar gewesen wäre, hätte man nicht zuweilen seinen Gesang vernommen. Ein besonderer Reiz dieser Lieder, die inzwischen jedermann kannte, war aber gerade ihr Fehlen, welches bald solche Lautstärke erreichte, daß es die oft leisen Strophen völlig überdröhnte.

Vielleicht hätte der Sänger, an dessen Abwe-
senheit sich alle gewöhnt hatten, seine Nicht-
existenz noch ertragen. So aber geschah es,
daß anfänglich Unklarheit herrschte in Teu
über den Ursprung der plötzlichen Stille.

Der alte Zensor ist müde

EXIL

Um Kopf und Kragen reden. Und
nichts passiert.

DER TRICK

Antäus, der es auch verstand, eine geschliffene Feder zu führen, kehrte doch, trotz seiner berühmten Taten und Werke, immer wieder an den Ort seiner Kindheit, zu Gäa, seiner Mutter, zurück: um Kraft zu schöpfen, wie er sagte, in Wahrheit aber, um sich einfach umzutun auf der Erde, zu lauschen und zu schauen und wieder einmal sein Brot mit schwitzenden Händen zu schlingen, so daß er später im Streit unschlagbar war – zu genau kannte er, was sich begab; bis Herakles den Gefürchteten großmütig emporhob, daß er langsam den Boden verlor unter den Füßen. Dann war es ganz einfach, ihn abzuwürgen.

AUS DEN ERINNERUNGEN EINES HÜTEHUNDES

Damals dachten wir doch, unter jedem Schaf-
pelz stecke ein Wolf!

WIDERRUF

Ins Feuer jene schändlichen Schwarten, die uns
glauben gemacht, die Erde sei eine Scheibe, wie
zu lesen in den Wälzern der vergötterten Weisen und daher bedürftig nicht des Beweises,
wer hätte gewagt da den verfemten Gedanken;
aus den Kerkern also entlaßt, die fälschlich zu
Ketzern erklärt, dieweil wir Kunde nun haben
von unsrer Erde kugeliger Gestalt, umkreist
von allem übrigen Gestirn, daran wage nun
einer noch Zweifel!

Abteilung 2

IM ZEITTRICHTER

UNTER TAGE

Zeit ist ein Gebirge. Wir, die Hauer vor Ort,
bohren und sprengen uns in die tauben Jahre:
um eine handvoll Leben.

BUNUELS TRÄUME: DEUTUNG

Auf fremder Station, so träumte öfter dem berühmten Regisseur, steht die Bahn am Steig: Reisende eilen vorüber, und die untätigen Füße lockt es zu einem Schritt aus dem Abteil, darin Koffer und Jacke lagern; doch sobald die Sohlen das Pflaster betreten, weiß der Schläfer, sind verschwunden Lok und Wagen, ausgefegt ist plötzlich die Halle, verloren das Gepäck: denn wer einmal verlassen das vorgeschriebene Geleise, dessen Zug ist abgefahren; und so harren auf Anschluß, vorgesehen in keinem Drehbuch, die des Abends bevölkern die Bahnhöfe.

Der Mensch

ist das Maß aller Dinge

BEGEGNUNG MIT MEDUSA

Würde wer lesen im Gesicht der alten Frau, das
sich stützt in welke Hände, und verstehen die
Schrift, er könnte den Blick nicht wenden von
Augen, Haar und Kleid, keinen Schritt mehr
gehen, wie versteinert auf offener Straße.

RIESENRAD

Berauschend, wenn sich die Aussichten weiten und Kleinliches schwindet aus dem Blick, als wäre endlos der Aufstieg, während dem unserem Vorgänger schon Gewißheit wird, was wir nicht wahrhaben wollen:

KOPF
UND KRAGEN

STRAHLUNG

Uran, so ist seit langem bekannt, zerfällt unter Abgabe von Wärme und Strahlen, welche selbst durch Wände dringen, abzuwehren nur durch bleiernes Gehäuse, und sichtbar werden an ihrer Wirkung: heilsam oder tödlich, ganz nach Maß und Gebrauch, sich wandelnd dabei selbst zu Blei; wie auch wir Wärme aussenden und eine Strahlung: belebend oder lähmend einander, was keiner erkannte bisher, und ausbrennen dabei, sofern nicht bereits von bleierner Natur.

HAUTNAH

Könnten wir uns ohne Scham, nicht nur nachts,
da wir uns verkriechen in fremde Körper,
nähern einander, würde enthüllt: Jede ist die
eigene Haut.

the only bomb

WEITERFÜHRENDE ÜBERLEGUNG ZU GUERICKES VERSUCH

Nachweisbar das Gewicht der Luft durch deren Mangel in den Halbkugeln, selbst der Pferde Kraft vermag sie nicht zu trennen.

Auch was uns zueinander führt, immer wieder, und aneinanderfügt unsere Leiber, ist es nicht der Mangel an etwas, von vermutlich hohem Gewicht, greifbar nicht, doch spürbar durch seine Kraft?

Füllt sich die Leere, fallen auseinander, als habe nichts sie vereint, die Hälften.

KURZE ASTROLOGIE

Gestern stieg die Jungfrau vom Firmament, wo wir sie lange angehimmelt hatten, herunter zu mir in die Federn und verblasste erst gegen Morgen zu. Seither betrachte ich sie allabendlich, zwischen uns diese unbegreifliche Weite, wie sie da steht: klarer scheinbar denn je.

DER MONAT MONIKA

Der Monat Monika ist ein später Monat: Zufällig bricht er herein und bringt das Jahr aus der Bahn. Plötzlich beginnt alles heftig zu blühen (dann berichten die Zeitungen darüber), als wollte sich das verstrichene Jahr in wenigen Tagen wiederholen; selbst die knorrigen Äste treiben ... Bald aber siegt wieder die Regel: Wind und Regen, wie es die Jahreszeit vorschreibt. Der Monat Monika ist ein kurzer Monat und bricht zufällig herein: mal früher, mal später. Meist aber wird er gar nicht bemerkt und ist schon nach wenigen Augenblicken vorüber. Manchmal trägt er auch ganz andere Namen. Deshalb steht er in keinem Kalender.

PYGMALION

Er arbeitete in spröden Stein, wählte die härtesten Erze für seine berühmten Werke: Skulpturen, Gebäude, glänzende Maschinen – die er, wie wir alle wissen, nach seinem Bilde schuf. Oder genauer, eingedenk des schwachen Fleisches: sich zum Gegenstück. Daher eignet ihnen Ebenmaß und ein Zug von Schönheit; sowie: Härte, Kraft – Bestand.

Trotzdem muß sich Pygmalion verloren gefühlt haben. – Jedenfalls schuf er die Skulptur eines Weibes, die ihn auf das hoffnungsvollste ergänzte, so daß er sich verliebte. Unwahr hingegen ist, sie sei von unerreichter Schönheit gewesen: Hunderte waren ihr ebenbürtig von Gestalt. – Keine aber, und Pygmalion muß es gewußt haben, derart ein Geschöpf seiner Wünsche.

Nebensächlich, wie es gelang: Pygmalions Liebe fand Erfüllung. So entdeckten wir ihn: versteinert unter seinen Werken, – wahrhaft makellose Schöpfungen übrigens!

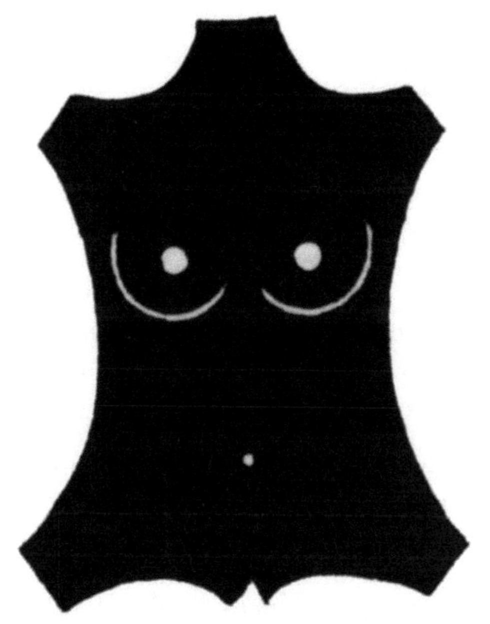

DIE TROPHÄE

DER TOD DES RABBI LÖW

Vom Rabbi Löw erzählt die Legende, er sei so weise gewesen, daß über ihn selbst der Tod keine Gewalt hatte.

In Wahrheit aber war es so, daß dem Rabbi, der ein mitfühlendes Herz besaß, kein Tod mehr übrig blieb: Er war schon im Leben alle denkbaren Tode gestorben. So schien es, als müßte er ewig leben.

Einmal jedoch, in Gedanken versunken, stand Rabbi Löw plötzlich vor einem Mädchen, das auf der Wiese Blumen pflückte. Da überkam den alten Mann ein sonderbares Gefühl. Alle Jahre hatte er den Bedürftigen im Ghetto gewidmet und dem Studium der Schriften. Aber so alt er geworden war, hatte er doch bloß erfahren: Es geschieht nichts Neues. Jedes Glück, alles Leid: Immer das Gleiche.

Dumpf begann dem Rabbi plötzlich das Herz zu pochen, und als das Mädchen ihm schüchtern eine Blume hinauf reichte, sprang, wie die Legende wissen will, aus deren Blüte der Tod.

Diese war auf Erden die letzte große Erfahrung des weisen Jehuda ben Bezalel, genannt Rabbi Löw.

TESTAMENT

Nach dem Tode des Denkers und als sein Leib
der Erde übergeben war, kehrten seine Schü-
ler nochmals in das Haus zurück, um seine
Schriften vor fremdem Zugriff zu bewahren,
fanden aber im kahlen Zimmer nur einen Stuhl,
einen Tisch, darauf ein aufgeschlagenes Buch
lag, und das Bett, keines jedoch der erwarteten
Papiere, so daß mit den Jahren des Denkers
Lehre vergessen ward, obwohl gerade dieses
Zimmer sein Testament war.

NACHLASS

Bald, nach wenigen Jahren schon, gleicht auch unsere Spur den berühmten Fußabdrücken der beiden Hominiden von Laetolil, welche sie, vor fast vier Millionen Jahren, in die Vulkanasche prägten:

Die Größe ihrer Füße ist genau bekannt, so auch das Maß ihrer Schritte. Gewisse Schlüsse auf die Körperhöhe sind möglich. Ihr Gang war aufrecht.

Nur, daß sie selbst, auf dem Weg zur Wasserstelle, davon nichts wußten – nicht einmal, daß es, wodurch die Abdrücke zufällig versteinerten, kurz vor Beginn war der Regenzeit.

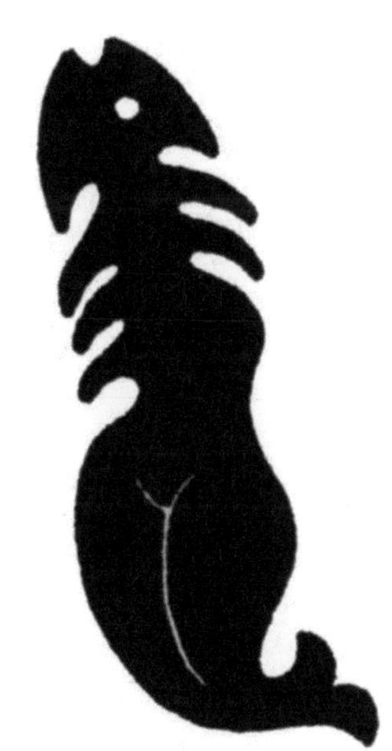

Nix

POMPEJI

Nachdem abgetragen waren Schutt und Asche von der ehemals wohlhabenden Stadt, fanden sich zwischen verfallenen Mauern in der untersten Schicht Höhlungen, die, mit Gips ausgegossen, menschliche Formen erkennen ließen, verkrümmte Reste der vormaligen Bewohner, die, überrascht in den täglichen Tätigkeiten und begraben lebendigen Leibes, nichts hinterließen als den Extrakt ihres pompösen Lebens: Leere.

Abteilung 3

DIE STAHLTRÄUME

SEIT BABEL

Nebukadnezar, der, glücklich und wie durch Wunder mit dem Leben davongekommen, seither im Nachbarhaus wohnt, hat späterhin noch mehrfach versucht, die Folgen der Katastrophe, für die er sich schuldig fühlt, etwas zu mildern und die zerstreuten Völker wieder zu einen. Zwar gelang ihm in zäher Arbeit die Verbreitung einzelner Sprachen, so daß nun nicht mehr jeder daherlallt wie ihm die Laute kommen, doch nur mit dem Erfolg, daß zwar nun viele gleicher Zunge reden, ohne einander etwas zu sagen jedoch, geschweige, sich zu verstehen über die Sprache hinaus, worauf sich Nebukadnezar zurückzog und der Welt verschloß. Seither führt er das geordnete Leben eines Rentners. Nur sieht er sich von Türmen und Mauern bedroht, und manchmal, wenn er durch die schwatzende Stadt geht, befällt ihn eine seltsame Traurigkeit, die uns unverständlich ist und Anlaß zu der Mutmaßung, er sei doch von damals wohl etwas wirr.

MundWerk

BILDBETRACHTUNG.
KONRAD KLAPHECK: PATRIARCHAT

Klobig, klotzig steht es im Raum. Was? – Wer
weiß, meine Herren. Eine Schreibmaschine?
Tasten und Walze sprechen dafür. Auch eine
Rechenmaschine ist denkbar, sind doch die
Tasten nicht kenntlich als Buchstaben oder
Ziffern. Die Form freilich, wäre nicht die Walze,
erinnert an eine Ladenkasse. Doch fehlt ihr
das Fach, der Kasten mit dem Geld – dort, wo
er zu erwarten wäre, findet sich ein schräger
Steg, nochmals voller Tasten. Oder ist es eine
Treppe? Handelt es sich vielmehr um eine Tri-
büne, auf der, ordentlich gereiht nach Rang und
Bedeutung, zur Schau stehen die Tasten – jede
ein kleiner Hebel nur in der Maschine? Vielleicht sind die Tasten auch Stufen am Tempel,
der Weg hinauf: Oben findet das Opfer statt,
ein Gebet an Blut und Macht. Direkt vor der
Walze, wäre es eine Schreibmaschine. Wer
weiß ... was es uns bedeutet: So klobig im
Raum, unnahbar. – Wie aus schlimmer Zeit.
Wie ein Heiligtum, meine Herren.

SIGHT-SEEING: SPHINX

Längst wusch Sand ihre Flanken. Längst, des überlangen Ausharrens müde, war Stein geworden ihr Leib: Lahm lagen zu lang schon die Flügel.

Und noch immer ungelöst war die Frage nach jenem sonderbaren Wesen mit den vier, zwei oder auch drei Füßen, das doch umso schwächer vorankommt, je mehr Beine es benutzt.

Vielleicht, daß im Glauben, mächtig zu sein des einzig möglichen Ganges, blicklos die Bewerber waren für jedwede fremde Regung. – Jedenfalls erkannten sie nicht einmal das Gleichnis ihres Lebens. Wurden Opfer ihres eigenen Rätsels. Wie verschlungen von der Wüste des Unverstands.

Wurden selbst Wüste: Staub und Sand, welcher den zerfressenen Leib nun schleift, der noch immer wartet in wachsender Öde auf die alles erlösende Antwort.

UNTIER

Drei Wochen lang war zu besichtigen un-
längst in Sydney, hinter sicherem Gitter und
bestaunt von den Gaffern: „Das gefährlichste
Tier" – wie am Käfig zu lesen, darin es scheinbar friedlich hauste: Vertreter einer, obwohl
weitverbreiteten, vom Aussterben bedrohten
Rasse, da imstande, wo es siedelt, alles zu
zerstören. Als Lieferant von Rohstoffen zwar
ohne Wert, ist doch, schon des unnatürlichen,
noch unerforschten Verhaltens wegen, Sorge
zu tragen für Erhaltung der Art, aber auch um
seines Anblicks einfach, wie er so dasitzt: den
Kopf nachdenklich in beide Hände gestützt.

Instant Afrika

SIGNALE

Aus Abgründen her, von Sternen, die vermutlich für immer verschlossen bleiben den Blicken, dringen zu uns Laute: ähnlich dem Puls eines Menschen; anfangs als Botschaft gedeutet ersehnter Brüder – in dieser Fremde uns nah –, begriffen wir alsbald den Irrtum, doch lernten selbst Unsichtbares wir dadurch erkennen; – nicht ohne Hoffnung übrigens auf künftige Zeichen. Gigantische Lauscher durchkämmen tagnächtlich das All: Wäre da eine Stimme, wir würden sie verstehen! Hingegen jene, die mit uns das Brot teilen am Tisch oder den Platz in der Bahn, die wir sehen können und hören – mit eigenen Ohren –, deren Puls wir spüren – uns verschlossen bleiben zumeist und fremd: als lebten sie unfaßbar fern.

DIE VERLORENE STADT

Auf dem Mond gibt es ein großes Meer, es heißt: das Meer der Stille. Auf dem Grunde dieses Meeres liegt eine versunkene, namenlose Stadt.

In dieser Stadt stehen nur Häuser, die nie gebaut worden sind. Und auf den Straßen, die nirgendwo hinführen, wandeln abends, wenn sanft die Erde herabscheint, die Ungeborenen und die zu früh verstorben sind. Dann träumen sie ihr ungelebtes Leben.

Alles was auf Erden gescheitert ist, verlorenging oder nie sein wird, hat hier seinen Ort. Alles ist hier anders, unvertraut: Nicht einmal Wellen kräuseln das Meer, denn als der Mond starb, blieben Wasser und Wind zurück.

Wüßten wir, was uns für immer fehlt – es könnte viel bedeuten. Da es aber eine versunkene Stadt ist, werden unsere neugierigen Apparate, wenn sie diesen kahlen Stein umkreisen, auch im Meer der Stille nichts finden als ungeheure Einsamkeit.

LABYRINTH

Nachdem erschöpft die Kelle er aus der Hand
gelegt, sah Dädalus sich von Mauern umgeben
und Fluren, durch die er irrt: ausweglos von
Raum zu Raum seither, ohne jemals begriffen
zu haben, daß jenes Gemäuer, welches er er-
richtet, ein Spiegel ist seines Geistes, daraus
nur ein Entkommen wäre, gelänge ihm zu
enträtseln der eigenen Gedanken wirre Gänge.

STEIN DER WEISEN

Viele hielten es in Händen und sahen: Er ist
von brauner Farbe und besudelt die Finger.
Kein Gran Gold zu zeugen in der Lage.
Nutzlos sämtliche Sprüche. Wiewohl doch
sichtbar ist allerorts sein Wirken. Wie er sich
wandelt. Und bewegt. Farben wechselt und
Gestalt. Gedeihen bewirkt und sich begabt
schließlich mit Gefühlen und wunderbarer
Vernunft. – Die nur diesen Narren, verblendet
durch die verheißene Macht, versagt blieb.
So gelang bisher ihnen das bloße Gegenteil
nur: Wunder zu verwandeln in Schutt. Und
Asche. Und allenfalls Erde.

Miss Germany

LÖSUNG

Von Einstein wird erzählt, er habe in späten Jahren hartnäckig und erfolglos gesucht nach einer Gleichung, die das Winzigste und Größtes gleichermaßen umfasst: ein Urknall der Erkenntnis, sozusagen.

Einige behaupten, er sei dieser Formel schon auf der Spur gewesen; manche meinen, er habe sie, eine Reihe harmloser Zahlen, gefunden und vernichtet: Er gäbe den Göttern nicht noch einmal das Feuer.

Wahrscheinlich aber ist, daß die Aufgabe unlösbar war. Und wird es noch einige Zukunft bleiben: Weil keine Gleichung – die uns einschließt – aufgeht, solange wir in Rechnung stehen als Unbekannte.

PROMETHEUS

Nicht des Raubes, der war verziehen und
vergessen, sondern des Feuers wegen, das er
unbedacht verschenkt, so daß die Flammen
bald das erste Dach ergriffen, einen Schei-
terhaufen erklommen hatten und die erste
Ladung gezündet, sich bald schon durch alle
Länder fraßen, weil keiner zähmen kann die
Flammen, der nicht sich selbst erst bezähmt,
deshalb also Fessel und Fels.

DIE PARADIES-MASCHINE

Beschrieben wird sie als unauffällig: Einen
Draht, eine Lötstelle, einzelne Rädchen – mehr
kennt kaum jemand. Theorien über Aufbau
und Steuerung der weitläufigen Mechanik
scheiterten schon an ihrer umstrittenen
Ausdehnung: Meinen einzelne sie auf wenige
Kilometer bemessen, glauben andere, sie
umfasse den ganzen Globus. Sicher scheint:
Die Karte unserer Stadt ist ein Schaltplan.
Darauf stützt sich die Mutmaßung, daß wir
uns mitten im Gehirn der Maschine befinden,
zwischen dessen Speichern und Schaltstellen
wir uns verlieren, so daß wir des Netzes der
Nervenbahnen gar nicht bewußt werden. Und
den Kurs, wenn wir sie durch unsere täglichen
Taten antreiben, halten wir für unseren eigenen Willen. Wenn sie uns so vorwärts drängt:
in eine glückliche Zukunft.

SANCHO

Seit wir gegen Mühlen ziehn, die uns noch die
Saat von den Äckern fressen, schimpfen uns
närrisch deren Knechte und schlagen alles
Mahnen in selbigen Wind, der die Flügel treibt;
wetzen die Zungen zum Spott: Das Gelächter
gellt durch die Jahrhunderte – vor denen wir
dastehn: traurige Gestalten. Weil doch Riesen
sind, was wir zuerst für Mühlen nur gehalten.
Denn am Hebel sitzen, die da abscheffeln, und
die sind: vom alten Schrot und Korn.

Wehr und Waffen

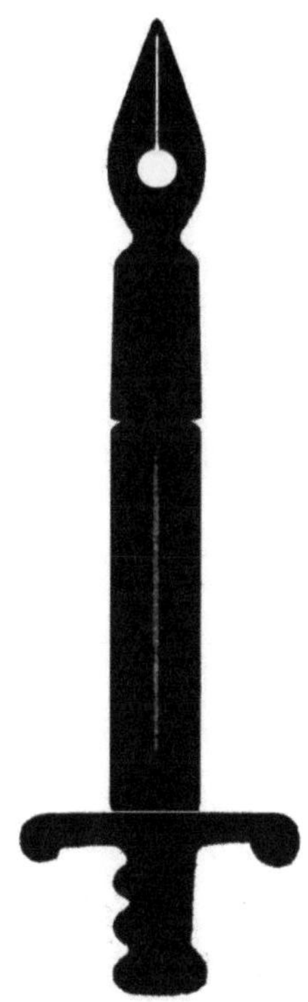

Wehr und Waffen

MÄRCHEN

Jahrzehnte später, als von der Hecke das Laub
abfiel, drohte böses Erwachen: Die Welt drau-
ßen, ohne Blattgrün und Rosenduft betrachtet,
war fremd geworden und das gute Ende durch-
aus nicht gewiß. Schon rührte sich das flaue
Gefühl: verschlafenes Leben; als wir uns ent-
schlossen zur Flucht nach vorn in den Traum
zurück, bis der Prinz, ein zufällig Reisender
oder Tod sich durch das Gestrüpp schlägt und
das Märchen beendet.

YETI

Später, als das Gewitter verstummt war und
der schwere Himmel wieder entblößt, stiegen
sie herab von den Gipfeln und siedelten in
jenen hohlen Steinen, die sie in die Ebene
gestreut fanden: wie Würfel eines verlorenen
Spiels, dessen Regel noch immer ein Rätsel
ist, aus der Zeit vor dem großen Licht.

Quichotte

KATHARSIS

Eigenartig dieser Trieb zur Nachahmung. Frühe Sippen spielten Jäger und Wild, bittend um künftige Beute. Werkzeuge kopierten die Fertigkeiten der Finger.

Auf der Bühne nachgestellt, wurden die großen Tragödien beschaulich: Opfer und Täter, zermahlen von der Mechanik der Macht. Die Maschine ersetzte das Werkzeug in der Hand, das Fließband die Füße. So schufen wir Geräte nach unserem Bild.

Kino und Fernsehen führen uns heute eine Welt vor – ganz nach Wahl. Endlich wird unserem Geist auch das Denken der Roboter gleichen, die uns ersetzen in den Fabriken.

Enthoben der täglichen Sorge ums Überleben, sind wir am Ziel: der Befreiung des Menschen vom Menschen.

DAS EXPERIMENT

Am achten Tag, einem Montag, ging er wieder ins Labor. Vorsichtig nahm er die Schale aus dem Brutschrank und legte sie unters Mikroskop. Schon mit bloßem Auge erkannte er die blassen, sich langsam drehenden Flecken; die Arme waren schön ausgebildet, doch nun, schwach vergrößert, lösten sie sich auf in unzählige leuchtende Tupfer. Soweit schien alles gelungen. Aber etwas störte. Und mit wachsender Auflösung erkannte er, daß es die Keime waren, die fehlten. Einige waren abgestorben, die anderen hatten sich selbst vernichtet oder aufgezehrt: Es schien, als erzeugten sie beim Wachstum ein Gift, an dem sie zugrunde gingen. Sorgfältig trennte er das Feste vom Flüssigen. Ich hätte gestern nicht ruhen dürfen, murmelte er, als er die Nährlösung ins Becken goß.

MENSCHENMUSEUM

Dieses abseitige Gestirn, das Erde hieß. – Hier hausten in Halden aus Müll und Steinen, die sich Städte nannten, wunderliche Wesen: Ihre Sprache, grobe Laute, erlaubte kaum Verständigung. Sich selbst fremd, suchten sie Zuflucht in betäubender Arbeit und Schutz in einer Hülle nutzloser Dinge. Nachts, unter künstlichen Monden, träumten sie sich in andere Welten, amüsierten sich zuletzt über das eigene Sterben zu Tode. Es waren Heimatlose. Doch glaubten sie an eine erlöste Zeit, verehrten magische Maschinen. – Ihnen wurden blutige Opfer gebracht. Eine Kultur: höchst kurios und ganz einzigartig in der Galaxis. Willkommen.

NACHSATZ

Dieses Buch erschien erstmals im August 1989:
als Xerox-Kopie, handgefertigt, in einer Auflage von 20 Exemplaren.

Als im Winter des Wendejahres die Zensur
entfiel, wurde das „Menschen-Museum" der
erste Band der OKTAV-Reihe des octOpus-
Verlages und das erste belletristische Werk,
das in einem neugegründeten Privatverlag im
Osten Deutschlands erschien, überhaupt.

Die Illustrationen entstanden als Hand-
zeichnungen mit Filzstift auf Karton. Der
Bildsatz der Erstauflage wurde für alle spä-
teren Ausgaben übernommen.

*„Die Geschichte unseres Verlages, wie vieles
in diesem Land, begann vor dem Anfang. Im
August 1989 erschien in einer Auflage von
20 Exemplaren unser erstes Buch: als Xerox-
Kopie und handgefertigt. So beginnen wir nun,
was wohl einmalig ist, unser Programm gleich
mit einer Nachauflage."*

Aus dem Programmheft 1990

Olaf Trunschke, geboren 1958 in Radebeul bei Dresden, war Chemiker, später Lektor, Werbetexter und Verleger. Heute arbeitet er als Designer und Dozent für digitale Medien. Außer Prosa veröffentlichte er bisher vor allem Aphorismen und Gedichte. Der Autor lebt in Berlin.

INHALT

Der Brandenburger Tor
Olaf Trunschke

Über Berlin wird viel geschrieben. In Berlin wird viel geredet und geschrieben: Kluges und Närrisches. Für manche Berufe scheint Narretei die beste Empfehlung. – Was aber sähe ein berufener Narr, ginge er heute mit dem Narrenschiff in Berlin vor Anker?

Politisch korrekt sortiert von Akademie bis Zukunft, führen die Texte den Leser wortgewandt durch das Kauderwelsch der City. Indem er den zahlreichen Querverweisen folgt, erfährt der Leser, wie Henker, Business und Sex zusammenhängen oder was die Akademie mit den Pissoirs verbindet.

Berlin ist eine verwirrende Metropole: Man muß sie im Narrenspiegel ansehen, um nicht den Verstand zu verlieren. Dieser satirische Führer erkundet in 68 Texten und 7 Bildern aus diesem Blickwinkel die Stadt.

Ereignishorizont
Olaf Trunschke

Die Zeit ist aus den Fugen. Nur zwischen Elbe und Oder scheint sie still zu stehen. – In Polen streiken die Werften. Die Russen beginnen, die Lügen abzureißen, die Stalin gebaut hatte. – Nichts von alledem will man wahrhaben zwischen Brandenburger Tor und Alexanderplatz.

Roman Kopielka, gelernter Physiker und angelernter Lektor für Kinderbücher, geht jeden Tag die Friedrichstraße entlang: in seinen Gedanken ein Manuskript über Atome, Teleskope und Schwarze Löcher. – Um ihn herum die geronnene Gegenwart, die mehr und mehr Risse zeigt ...

Ereignishorizont. – Eine Geschichte um Vorzeichen und Umbrüche, Wahrnehmung und Verdrängung.

Bibliographische Information
der Deutschen Bibliothek: Die Deutsche
Bibliothek verzeichnet diese Publikation in
der Deutschen Nationalbibliographie:
http://dnb.ddb.de

3. Auflage
© 1989 Olaf Trunschke
Gestaltung und Satz: Olaf Trunschke
Druck: Books on Demand GmbH
ISBN 978-3-86157-110-0

Amok:Books ist ein Imprint
des octOpus Verlages Olaf Trunschke.

www.amokbooks.de